LETTRE
DE L'AUTEUR DE L'ODE
SUR LES CONQUESTES
DU ROY,
A UN AMI.

Y PENSEZ-VOUS, mon cher Ami, d'exiger que je vous fasse part moi-même des jugemens qu'on a portés de mon Ode? Un Auteur fut-il jamais sincére sur la chute ou la réussite de ses écrits? Demandez à ce Poëte, toujours joyeux & content de lui-même, quel a été le sort de son dernier Opera, il vous répondra d'un air triomphant,

Que le succès le plus complet
Illustra son cordon d'Archange;
Et que la voix de la louange
Amortit le bruit du sifflet:
Tandis que l'Opera Comique
Voyoit son Théatre lubrique
Attirer un nombreux essain
Qui désertoit pour sa folie
La Lyrique mélancolie.
D'autre part, la Scène embellie
Des yeux de la tendre Gaussin,
A fait éclorre de son sein
Euphrosine, Aglaé, Thalie;
N'en déplaise aux *Graces* de Roi,
Qui des ris font bâiller la mére,

A

Ces trois *Graces* de Sainte-Foi
Orneront à jamais Cithére.

La vérité l'emportera chez moi fur l'amour propre. Je vous dirai donc, fans craindre que perfonne me démente, que cette Ode a eu le fort des bons ouvrages. Les Cerberes du Parnaffe ont aboyé. L'ignorance & le mauvais goût l'ont déprimée avec orgueil ; la rivalité l'a rabaiffée avec douceur ; l'impartialité l'a goûtée avec reftriction : Pouvois-je raifonnablement en fouhaiter davantage ?

Si je ne dois pas me flatter d'avoir parfaitement réuffi, ce n'eft pas faute du moins de m'être nourri de la lecture des grands modéles, quoi qu'on m'ait reproché de ne les pas connoître. Ils ont fait depuis mon enfance le principal objet de mes études & de mon admiration. Quand j'ai même ofé prendre la lyre, pour chanter les exploits de notre augufte Monarque, j'avois Pindare, Horace, Malherbe & Rouffeau fous les yeux. Que n'ai-je pu leur dérober ces aîles de feu qui ont transporté leur ame dans la fublime region des idées lyriques !

Une mâle auftérité fait le caractére de PINDARE. On fent en lifant fes ouvrages cette impétuofité de génie, ces violens tranfports, cette impulfion divine qui porte à de vaftes conceptions & à de nobles faillies. La force des penfées, la véhémence des figures, la hardieffe des images, la vivacité des expreffions, l'audace des métaphores, l'harmonie des tours nombreux, la majeftueufe précipitation du ftile : Tout concourt à en faire le plus grand Poëte, qui ait encore paru dans le genre lyrique. Quand il peint la Foudre de Jupiter, vous croyez la voir voler avec vîteffe, & l'entendre tomber avec fracas. Il n'a pas moins de douceur que d'enthoufiafme, & le gracieux lui eft auffi naturel que l'énergique : Témoin le riant Tableau qu'il nous offre des Champs Elyfées, dans la feconde Ode Olympique, adreffée à Théron, Roi d'Agrigente.

HORACE semble s'être fait un caractére particulier, composé de Pindare & d'Anacréon. On ne peut nier qu'il n'égale, qu'il ne surpasse même ce dernier par la volupté de son pinceau, par cette ingenieuse naïveté, par ces traits fins & délicats, & par cette molle facilité que l'amour inspire. Mais il se reconnoît lui-même fort inférieur au premier. On peut dire néanmoins qu'il marche à côté de Pindare, dans cette même Ode, où il se met au dessous de lui. C'est là qu'il le compare à un torrent impétueux, qui gonflé par les pluyes, franchit ses bords, & précipite avec fureur ses eaux immenses & profondes: tandis que pour lui, il se regarde comme une Abeille matinale, qui avec beaucoup de peine cueille le thim autour des bois & des humides rivages de Tibur. Il se rendoit en partie justice, & en général il n'a pas cette pompe & cette magnificence qui distingue le Poëte Grec. Pindare frappe l'imagination de ce qu'il y a de grand; Horace de ce qu'il y a de beau. Pindare est dans son élement, lorsqu'il celebre les Dieux, les Rois, & les Vainqueurs couverts d'une noble poussiére dans les jeux de la Grece; Horace ne fait jamais mieux éclater son génie, que lorsqu'il folâtre avec Bacchus & les Amours, qu'il dessine un agréable paysage, ou qu'il décrit les charmes de sa Glycere, & les champêtres agrémens de sa Maison de Tivoli. Les idées de Pindare portent toujours une empreinte de sublime; celles d'Horace sont marquées au coin de l'aimable nature. C'est sans doute ce qui a fait dire au seul François qui l'égale :

> Non moins brillant, quoique *sans étincelle*;
> Le seul Horace en tous genres excelle.

MALHERBE est le premier de nos Poëtes, qui ait fait sentir que la Langue Françoise pouvoit s'élever à la majesté de l'Ode. La netteté de ses idées, le tour heureux de ses phrases, la vérité de ses descriptions, la justesse & le choix de ses comparaisons, l'ingénieux emploi qu'il

fait de la Fable, la varieté de ſes figures, & ſurtout ces
ſuſpenſions nombreuſes qui font le principal mérite de
notre Poëſie lyrique, lui ont acquis une place diſtinguée
ſur notre Parnaſſe. Quelques éloges cependant qu'il mérite, on ne peut s'empêcher de le mettre fort au deſſous
de Pindare pour le génie, & encore plus au deſſous
d'Horace pour les agrémens. Dans ſes vivacités, il eſt
trop raiſonnable ; & conſéquemment, c'eſt une fauſſe
chaleur. Le judicieux Boileau dit de lui, dans ſon Ode
ſur la priſe de Namur :

> Un torrént dans les Prairies
> Roule à flots précipités:
> Malherbe dans ſes furies
> Marche à pas trop concertés.

Mais ce qui éternifera à jamais ſa mémoire, c'eſt
d'avoir, pour ainſi dire, fait ſortir notre Langue de ſon
berceau. Semblable à un habile Maître qui développe
les talens de ſon Diſciple & les cultive, il étudia, il
ſaiſit le génie de la Langue Françoiſe ; il ſçut la former
en quelque ſorte, & faire voir qu'elle étoit propre à
rendre avec ſuccès les plus grandes & les plus nobles
images.

J'ai l'honneur, comme vous ſçavez, mon cher Ami,
d'appartenir un pèu à cet illuſtre Poëte, étant Arriére-
petit-fils de ſa niéce. On conſerve encore dans ma famille
le Recueil de ſes Œuvres, qu'il envoya lui-même à un
de ſes Freres établi en Bretagne. C'eſt dans cet exem-
plaire qu'on m'a, pour ainſi dire, montré à lire ; ce
ſont au moins les premiers Vers que j'aye appris par
cœur. J'y ai ſuçé le lait de la Poëſie, dangereuſe paſſion
qui s'eſt depuis fortifiée avec l'âge.

> Apollon m'a ſoumis à ſa bizare loi ;
> C'eſt de lui que je tiens le goût de l'harmonie ;
> Et cet avare Dieu voulut bien mettre en moi
> Une étincelle de génie.

Toutefois aux Lauriers préferant les Pavots ,
Je combattis long-tems le pouvoir de ses charmes,
Et mon cœur balançant à lui rendre les armes ,
J'osai lui confier ma douleur en ces mots :
D'un mortel que le Sort a jetté dans ce monde,
Sans dignité , sans nom , des humains ignoré ,
Pourquoi viens-tu troubler la retraite profonde ?
Dans un Siecle , où t'on art est plus craint qu'honoré,
A quoi peut me servir une verve importune ?
Sur le Pinde jamais n'habita la Fortune.
Pour t'avoir consacré son esprit vigoureux ,
L'Auteur de Rhadamiste en est-il plus heureux ?
Qu'entends-je , dit ce Dieu ? Dédaigne la richesse ;
Elle est le fruit honteux de l'avide bassesse :
Tous ces vils Ecrivains , aux affronts endurcis ,
Que tu vois près des Grands servilement assis ,
Ne seroient point montés à ces honneurs frivoles ;
Si ma main eût daigné leur prodiguer mes dons :
  Devant de superbes Idoles
Je les ai vûs ramper comme dans mes vallons.
Un génie élevé se soutient de lui-même ;
Ce n'est point la grandeur , c'est son talent qu'il aime :
Les biens font des tyrans tous les pieds abattus ,
  Son immortelle renommée
Sur mon double sommet avec éclat semée
Le venge des mépris de l'aveugle Plutus :
Vien, sui moi , vien puiser à l'Ecole d'Horace,
De la Muse Lyrique & la force & la grace.
Tu verras la fierté de tes pâles rivaux
Se briser à l'écueil de tes nobles travaux.

ROUSSEAU , que je ne considere ici que comme Poëte Lyrique , est sans contredit celui de tous les François qui a porté ce genre à sa plus haute perfection. Les nuages de l'envie , & les complots de la cabale sont enfin dissipés. Le manége peut soutenir de son vivant un mauvais Auteur. L'intrigue est le partage de la médiocrité. A la mort , le vrai mérite prend le dessus , & le foible Ecrivain qu'on caressoit , qu'on admiroit , est plongé pour jamais dans les abîmes de l'oubli.

Rousseau réunit en lui Pindare, Horace, Anacréon, & Malherbe. Quel feu ! quel génie ! quels éclairs d'imagination ! quelle rapidité de pinçeau ! quelle abondance de traits frappans ! quelle foule de brillantes comparaisons ! quelle richesse de rimes ! quelle heureuse versification ! Mais surtout quelle expression inimitable ! Avec quelle noblesse, dans ses Odes sacrés, il chante le trône & la Majesté du Très-Haut ! Avec quelle douceur il console une veuve éplorée ! De quelles fleurs il pare la raison ! Avec quel éclat il fait retentir l'Allemagne & la Hongrie de ses sublimes chants ! Avec quelles couleurs fortes ou riantes, il peint la noirceur ou le ridicule de ses ennemis, à l'exemple de tous les grands Poëtes Anciens & Modernes !

Ses Vers sont achevés, autant que les Vers François peuvent l'être. Si l'on y rencontre quelques endroits qui prêtent à la critique, c'est l'impuissance de l'art qu'on doit accuser, & non celle du Poëte. L'Académie Françoise ayant examiné à la rigueur les Stances de Malherbe, pour le Roy Henry IV, allant en Limousin, examen qui lui coûta trois mois, il n'y en eut qu'une, dans le nombre de vingt & une, chacune de six Vers Alexandrins, qu'elle admira toute entiere. Les autres furent toutes accusées de quelques défauts. Ce fait est rapporté par Pelisson. Cependant ce furent ces Stances admirables, qui mériterent au Poëte la faveur & les bienfaits de Henry le Grand.

J'ose dire qu'une critique sévere trouvera aussi bien des choses à reprendre dans Rousseau, même dans ce qu'il a fait de plus generalement applaudi. Prenons, si vous voulez, son *Ode à la Fortune*. Je trouve dans la premiere strophe seulement quatre Vers durs, & le dernier d'une foiblesse extrême :

D'un *culte honteux* & frivole,
Honorerons-nous tes Autels ?
Verra-t'on toujours tes caprices

Consacrés par les sacrifices,
Et par l'hommage des Mortels.

Cet *&par* est bien traînant, outre *qu'hommage* disant
moins que *sacrifices* devoit passer devant, aussi bien que
frivole qui est après *honteux*. Mais ne me regarderoit-
on pas, & avec raison, comme un sophiste pointilleux,
& un pitoyable chicaneur, si j'allois éplucher les bons
Ouvrages avec cette vaine subtilité. C'est pourtant ce
que font tous les jours de mauvais Juges, qui osent peser
ridiculement, & soumettre à leur purisme sec & didacti-
que les nobles hardiesses d'un art qu'ils n'ont ni étudié
ni pratiqué, d'un art qui secoue le joug des regles, & bri-
se les chaînes de l'usage. En lisant une Ode, ils ont leur
Euclide devant les yeux, & ils appliquent à chaque strophe l'Equiere & le Compas. Il est bien à craindre que cet
esprit géométrique, qui fait tant de progrès parmi nous,
ne s'empare de notre Eloquence & de notre Poësie, &
ne lui communique sa maigreur & sa sécheresse.

Vous croirez peut être que j'ai placé ici ces réfléxions,
dans la vûe de justifier mon Ode. Mais je suis bien éloi-
gné de la croire parfaite. J'avouë de bonne foi que ma
Muse s'est un peu éloignée de la raison, & que j'aurois
eu besoin d'une partie de cette froideur judicieuse qui
m'a condamné. Je trouve moi-même le portrait de la
Guerre mal placé; & devant faire monter mon Heros
sur son char, il ne falloit pas que j'en fisse un monstre
affreux, qui fût son guide. Je ne puis même m'appli-
quer ce que dit Lucien, que *la raison d'un Poëte n'est que*
fureur, non plus que ce passage du discours de Boileau
sur l'Ode, où il prétend *que l'esprit du Poëte doit être*
plutôt entraîné du démon de la Poësie, que guidé par la rai-
son.

Lorsque Phidias eut exposé dans une salle publique
sa statuë de Jupiter Olympien, il se tint derriere la porte, pour entendre tout ce qu'on y reprenoit, afin de la
corriger. J'ai de même écouté les différentes critiques de

mon Ode : je les ai recueillies, & j'en profiterai dans la seconde édition que j'en prépare ; la premiere étant malheureusement épuisée. Je vous avouë que parmi ces critiques, il y en a beaucoup qui vous confirmeront dans l'idée où vous êtes, qu'il y a peut être auſſi peu de vrais connoiſſeurs en Poëſie que de vrais Poëtes. J'ai entendu blâmer certaines locutions, telles que *rages* au plurier & *monceaux* de *funerailles*. Cependant de grands Poëtes autorisent ces nobles expreſſions.

> Déployez toutes vos *rages*
> Princes, vents, peuples, frimats
>
> BOILEAU

> Ce n'eſt point d'un *amas* funeſte
> De *maſſacres* & de débris
> Qu'une vertu pure & célèſte
> Tire ſon véritable prix,
>
> ROUSSEAU.

Si l'on dit *un amas de maſſacres*, on peut bien hazarder *des monceaux de funerailles*. Rouſſeau lui-même a employé ce dernier mot dans un ſens qui juſtifie le mien.

> Tandis que de vos mains déchirant vos entrailles,
> Dans nos champs *engraiſſés de tant de funerailles*.

Ce ſont proprement les morts inhumés, & non les cérémonies de leur inhumation qui engraiſſent la terre. Mais encore une fois, que ſeroit-ce que notre Poëſie, s'il ne lui étoit pas permis de s'éloigner des locutions vulgaires ? Combien n'en trouve-t on pas dans Homere, dans Pindare, dans Virgile & dans Horace, dont je défie qu'on me montre aucun exemple dans les plus célebres Ecrivains en Proſe, qui nous reſtent de l'antiquité. Il n'eſt pas douteux que les petits Grammairiens de leur tems s'éleverent contre ces expreſſions détournées. M. Dacier même, après dix-ſept ſiécles, a bien eu la hardieſſe

dieſſe de cenſurer certaines inverſions d'Horace, comme contraires aux régles de la Grammaire, & au bon goût de la Latinité.

Un de mes Amis m'a rapporté, qu'on trouvoit dans mon Ode quelques termes qui n'étoient pas *ſur le ton de la bonne Compagnie*. Cela ſe peut, lui dis-je ; car je n'ai jamais eu une idée bien nette de ce qu'on appelle *bonne Compagnie*. J'ai même oui dire à quelques perſonnes du grand monde, que ce qu'on regardoit comme *bonne Compagnie*, étoit preſque toujours la mauvaiſe. Quoiqu'il en ſoit, les Beaux-Eſprits d'Athenes, de Rome & de Paris ; voilà, ſelon moi, *la bonne Compagnie* d'un homme de Lettres. L'autre ne me paroît propre qu'à énerver la force du génie, qu'à flétrir les graces de l'imagination, qu'à retrécir la ſphére des idées, qu'à ſophiſtiquer les ſentimens du cœur. Avoir l'ambition de la cultiver, c'eſt ſe réſoudre à une médiocrité incurable, & peut-être à quelque choſe de pis.

> C'eſt par cette aveugle manie
> Que nos modernes Beaux-Eſprits
> Etouffent le peu de génie,
> Que le pere de l'harmonie
> Diſpenſe à ſes enfans chéris.
> De ces Rendez-vous favoris ;
> Où regne une antique Uranie
> Qui de ſa jeuneſſe ternie
> Prétend racheter les débris,
> La lyre d'Horace eſt bannie ;
> Les Vers que le Public renie
> Y bravent nos juſtes mépris ;
> Des Sots y remportent le prix :
> Mais de ces rampants Scuderis
> L'altiere ignorance eſt punie ;
> Des neuf Sœurs excitant les ris
> Sur le Parnaſſe ils ſont proſcrits ;
> Enfin *la bonne Compagnie*
> Lit ſeule leurs mauvais écrits.

Je pourrois vous citer des exemples de jeunes Poëtes,

qui promettoient beaucoup, & que cette *bonne Compagnie* a perdus. Je dirai seulement que M. G . . . ., ne voyoit que *la Compagnie de Jesus*, lorsqu'il a mis au jour ses deux meilleurs morceaux de Poësie, le *Vert-vert* & la *Chartreuse*. M. l'Abbé de B. . . . . avoit aussi composé l'*Epître à ses Dieux Penates*, avant que de venir à Paris. Un homme nourri du suc des Anciens & de ses propres réfléxions, qui est versé surtout dans la lecture de l'Histoire, voit le monde en quelque sorte dans son cabinet. La nature entiere est dans son esprit & dans son cœur.

Il a déja paru quatre Critiques de mon Ode, si l'on doit honorer de ce nom quatre Lettres dictées par le mauvais goût, par la pédantesque chicane, & par une ignorance consommée de ce qu'on appelle Poësie. J'aurois été le premier à leur rendre justice, si elles avoient eu quelque mérite. L'un me fait un crime de *Leze-raison* d'avoir fait parler la Guerre ou Bellone ; mais ce n'est pas pour l'avoir introduite dans mon Poëme que j'ai péché ; c'est pour l'avoir peinte de couleurs affreuses, dans une circonstance, où elle ne devoit paroître qu'une divinité vengeresse, & non un monstre odieux. Un autre m'accuse de *flatterie*. Je ne releverai point l'indécente fausseté de ce reproche. Je lui apprendrai seulement à distinguer ce vice de la louange. Je serois un flatteur, & un flatteur outré, par exemple, si je disois sérieusement aux Peres obscurs des quatres Lettres ignorées : ,, Messieurs, vous avez fait chacun un Chef- ,, d'œuvre ; vos Lettres, écrites avec une élegante pré- ,, cision, sont pleines de raison, d'esprit, de sel & de ,, goût. Les Aristophanes, les Luciens, les Horacés, ,, les Bouhours, les Boileaux, les la Mothes n'en- ,, tendoient pas si bien que vous cet art de plaisanter ,, finement, & de badiner avec une gayeté ingénieuse sur ,, les Auteurs de leur tems. Quoi de plus délicat que de ,, dire à un Auteur : *Que ses éloges ne sont que des im-* ,, *pertinences. Ces vers sont détestables pour la pensée & la* ,, *versification. Voilà du galimathias tout pur. Cela est foible*

,, & mauvais. On peut avancer hardiment que cette strophe
,, est très-mauvaise. Je ne conçois pas comment on peut
,, enfanter de si jolies choses. Quelle adresse n'a-t-il pas
,, fallu pour faire sentir au Lecteur ces vérités, en lui
,, épargnant l'ennui des raisons & des réfléxions judi-
,, cieuses ? ,, Mais quand je dirai que le célebre Neveu
des Corneilles a éclairé tous les Arts qu'il a cultivés ;
que s'il leur doit sa gloire, ils lui doivent leurs progrès
& leur perfection ; que la Géométrie s'est enrichie de
ses découvertes ; que la Philosophie s'est familiarisée
par les agrémens de son stile ; que la Poësie s'est parée
des fleurs de son esprit : Ce ne sera là qu'une simple &
courte louange.

Vous sentez bien que toutes ces Satires ne m'ont pas
fort humilié. Elles auroient été capables de me persuader
que mon Ode est excellente, si je n'y connoissois moi-
même plus de défauts qu'on n'y en trouve, & si d'ail-
leurs les lumieres des juges désintéressés ne m'avoient
éclairé sur ceux qui auroient pu échapper à mon amour
propre. Je mets au nombre de ces vrais connoisseurs
l'Auteur des *Jugemens sur les Ouvrages nouveaux*, qui
a bien voulu parler de ma Piéce dans ses feuilles con-
sacrées au maintien de la saine Litterature ; seul écrit
qui suspende la décadence du goût & de la raison. Il
ne me convient point de me prévaloir de ses éloges.
Je dois plûtôt faire attention à sa Critique, qui est
juste & solide, & m'efforcer de mériter à l'avenir un
suffrage unanime.

Je ne ferai pas la même réponse que *Cibber*, Poëte
du Roi d'Angleterre, qui voyant la Critique d'une
Ode de sa façon, dans laquelle on lui disoit *qu'il n'étoit
pas possible d'en lire une plus mauvaise* : ,, Je montrerai,
,, dit-il, que l'Auteur de cette Critique se trompe gros-
,, siérement ; car la premiére fois j'en composerai une
,, plus mauvaise encore. ,, Pour moi je tâcherai d'en
faire une meilleure, & je me flatte que l'Ode à laquelle
je travaille actuellement, sur la Convalescence du Roy,

fera trouvée moins défectueufe que la premiére. Que les Reptiles du Parnaffe s'en réjouiffent d'avance ; qu'ils aiguifent de nouveau leurs traits, & qu'ils continuent à prouver qu'ils exiftent, par les efforts qu'ils feront pour piquer.

Ce que je ne pardonne pas au premier de mes Cenfeurs, qui m'a adreffé fa Lettre de feize Pages, c'eft d'avoir parlé avec irréverence du célebre Caffé de Procope, en baptifant du nom d'*Ecoliers*, de *Rimailleurs* & d'*Infeétes* ceux qui le fréquentent, gens utiles à l'Etat foit dans la Paix, foit dans la Guerre. Cet Auteur eft d'autant plus coupable, qu'il paroît par fes remarques & par fon ftile qu'il doit à ce fçavant Caffé fa brillante éducation. Qu'il critique, qu'il rabaiffe, qu'il mette en piéces mon Ode, il n'y a rien là que de naturel ; mais qu'enfant dénaturé il déchire le fein de fa mére ; qu'il attaque, qu'il dégrade, qu'il profane un lieu fi refpeétable, l'azile de la raifon, le Temple du vrai goût, l'école de la politeffe, le centre du génie & du fçavoir, le fanétuaire de la vérité, la fource de la bonne plaifanterie, le berceau de tous les grands hommes ; c'eft une ingratitude énorme ; c'eft une injuftice inouïe. Quiconque veut s'inftruire à fond dans la Politique, dans les Lettres, dans la Philofophie, dans les Mathématiques, doit choifir ce fameux Réduit pour fon Lycée. Il y trouvera d'excellents Maîtres en tout genre. Je voudrois que mes occupations me permiffent de le vifiter plus fouvent. Mais auffi-tôt que je puis difpofer d'un moment, j'y vole avec empreffément ; j'y entre avec la joye ; j'y demeure avec l'admiration ; j'en fors avec le regret. On y voit toujours cinq ou fix tables occupées, autour defquelles on traite différentes matiéres, plus intéreffantes les unes que les autres. Ici c'eft une importante queftion de Grammaire ; là il s'agit des intérêts des Princes ; plus loin fe débitent les Hiftoriettes du jour & de la veille. Dans cette Salle enfoncée que les rayons du Soleil ne carefférent jamais, retraite fombre, propre à infpirer les beaux Vers, on parle de Poëfie; on juge une Piéce nouvelle avec cette impartia- lité & cette tranquillité de la raifon, que ni l'envie ni l'animofité ne troublent jamais. C'eft dans cet heureux coin de l'Univers qu'on difpute fans aigreur ; qu'on ex- pofe fes fentimens avec plus de modeftie que de fafte, avec moins de tyrannie que de docilité. Des différen- tes voix qui s'élevent, les unes perçantes, les autres mâles, toutes agréables, il fe forme un concert mélo- dieux, que la plus belle Mufique n'imiteroit qu'impar- faitement. Si quelqu'un enrichi des lectures du matin y vient prodiguer le foir fa fraîche érudition, c'eft moins dans la vûë de briller que d'éclairer les autres. Mais ce que l'influence de ce climat opére de plus mer- veilleux, c'eft l'échange admirable qui s'y fait tous les jours de tant de fortes d'efprits. La chaleur du Poëte échauffe le flegme du Philofophe; la raifon glaciale du Philofophe modere les feux du Poëte. On y voit un petit Géométre, après trois ou quatre féances* dans ce docte manoir, porter fa grave Sentence fur la rime & fur les Auteurs, avec autant de juftefle que les plus habiles critiques.

Vous peindrai-je les Heros, les Miniftres de ce char- mant Royaume ? Quel homme unique s'offre d'abord à ma vûe ? C'eft ce diftributeur enjoué de bons mots, de jolis Contes, de Vers courants, de Chanfons, d'Epi- grammes, de Satyres, & de Critiques. Toutes les nou- veautés lui font adreffées; & bien des Auteurs lui ont l'obligation d'avoir vû leurs foibles Effais fe répandre dans la Ville, voler de bouche en bouche, & paffer de main en main. Il parcourt tous les matins les Caffés fu- balternes, pour faire fa récolte des avantures galantes & des nouvelles Politiques. C'eft-là auffi qu'il effaye ce que fon imagination riante aura enfanté. S'il voit fes plaifanteries favorablement reçuës, il vient les répeter avec confiance dans le roi des Caffés : Philofophe char- mant, qui ne cherche jamais de vains détours pour faire entendre fa penſée. L'expreſſion la plus mâle & la plus propre vient ſe préſenter d'elle-même ſur ſes lévres. Vous le prendriez pour un vrai ſpectateur. Il rit en lui-même de nos folies, & comme il connoît parfaitement le cœur humain, il poſſéde l'art de l'attacher, de l'intéreſſer, & de fixer l'eſprit volatile de ceux qui l'entourent, par d'agréables menſonges, aſſaiſonnés du ſel de la gayeté. Il n'eſt jamais plus content, que lorſqu'il voit une diſpute s'élever, s'échauffer, & s'aigrir. Il ſe fait un aimable délaſſement de ſuivre ces admirables progrès. Si quelquefois la conteſtation l'ennuye, il s'y mêle furtivement, & tranche la queſtion d'un mot fort & nerveux qui fait rire toute l'aſſemblée, & qui couvre les Parties de ridicule.

Quel perſonnage non moins amuſant, quoique plus ſérieux, vient prendre ſa place accoutumée dans cette paiſible demeure ? Il ſemble ne connoître d'autre route que celle de ſon logis au Caffé, & celle du Caffé à ſon logis. Ne vous étonnez pas de la prédilection dont il l'honore. Il en eſt l'Oracle & le conſeil. Comme ſon goût & ſon talent eſt de diſcourir, ſon unique appréhenſion eſt que la converſation ne ſe refroidiſſe. Pour prévenir cette langueur, s'il s'apperçoit que vous vous rendez à ſes raiſons, il change tout à coup de ſentiment, & paſſe du pour au contre avec une adreſſe imperceptible. Tantôt il eſt agité de mouvemens convulſifs ; ſes yeux étincelent ; ſon viſage s'enflamme, ſa gorge s'enfle ; ſon ton eſt bruyant & pathetique ; tantôt pour vous exciter, il vous répond avec une douce nonchalance & une lenteur affectée. Il Juge & décide toujours en maître, avec d'autant plus de confiance, qu'il a la prudente modeſtie de n'écrire que pour lui. Dès qu'il parle, tout le Caffé accourt à ſa voix ; on ſe taît, on écoûte, on applaudit.

Et de ses auditeurs ce grand homme entouré,
Paroît un Roi puissant de son peuple adoré.

Je ne finirois pas, si je voulois crayonner tous les illustres Citoyens de cette Contrée. Je vous en tracerai les portraits dans le séjour que je compte faire incessamment à votre maison de Campagne. C'est-là qu'éloignés des sots & des fâcheux, des imbecilles complimenteurs & des satyriques obscurs, nous nous consolerons des amitiés fausses & trompeuses, nous rirons des vains & cruels préjugés de la terre. Il nous semblera voir errer dans d'épaisses ténebres cette foule de méprisables atômes qui se heurtent & s'entrechoquent sans cesse, au lieu que nous serons placés, pour ainsi dire, dans une région supérieure, éclairée d'une lumiere pure, & inaccessible à l'atteinte deleurs coups :

> Semblables à ces Monts dont les superbes têtes
> Se cachent dans les Cieux, à l'abri des tempétes,
> L'Aurore au teint, merveil des portes d'Orient
> Jette sur leur sommet un œil pur & riant ;
> Tandis que l'aquilon, la foudre & les orages
> Dans les champs obscurcis apportent les ravages.

Je suis, &c.

P. S. Depuis l'impression de cette Lettre, il m'est revenu, qu'on faisoit d'injustes applications de l'article de la *bonne Compagnie*. Je déclare que je n'ai prétendu désigner que trois ou quatre petits Bureaux de Litterature, où le bon sens est aussi étranger que l'esprit, puisqu'il nous a plû de le distinguer. Il faudroit que j'en fusse bien dépourvû, pour confondre avec ces Cercles obscurs d'autres Societés, composées de l'élite des Beaux-Esprits de Paris, une, entr'autres, illustrée par la présence du Moderne Lucien, dont j'ai reconnu le rare mérite dans cette même Lettre.